KB124313

광주문학아카데미

광주문학아카데미 1집

흘러내리는 기억

앤꿈

창작을 위한 협력적 공동체, 광주문학아카데미

염창권 | 회원

〈광주문학아카데미〉의 문을 연지도 십 년을 넘기고 있다. 처음에 서넛이었다가 지금은 열 명 내외로 모여서 합평회를 하고, 때로는 출판 자축연을 연다. 처음에는 독자를 구하기 어려운 시절에 서로 글 읽어주는 독자가 되기를 바랐고, 그 이상의 큰 욕심들이 없었다. 한 달에 한 번 밥값을 가지고 모였는데, 같은 값이면 술 마시는 이가 덕을 보았다.

해를 거듭하면서, 여러 성과와 함께 염려도 생겨났다. 이번에 때를 맞이하여, 소박한 대로 이루어온 그동안의 과정과 실체화되지 않았던 모습을 책의 형태로 선보이기로 하였다.

　시, 시조, 아동문학, 평론 등 장르 구분 없이 모였으므로, 각자 독자의 입장으로 돌아가 안목을 가진 입장에서 서로 간에 도움을 주는 합평회가 핵심이었다. 등단작가 중심의 모임 성격에 따라 각자의 개성과 저변을 확대해 나가는 데 관심을 둔 것이다. 그중에서도 시조시인이 다수였으므로, 시조 쪽으로 장르적 외연을 확대해 나가는 이가 여럿이었고 미등단자는 등단의 절차를 거치기도 하였다. 모두가 배우는 데 열성적이었지만, 날카롭거나 신랄한 쪽과는 담을 쌓은 듯 그럭저럭 서로 우애하면서 한 세월을 잘 지내왔다. 예술가적인 기질보다는 인간적 품성이 우선이었던 셈이다. 그럼에도 발표 전에 안목 있는 독자에게 먼저 선보이고 고쳐 쓰는 과정을 통해 점차적으로 성장, 발전할 수 있었다. 성취 면에서도 속도감이 붙어 이전보다 월등하게 나아졌다.

　또한, 강령이나 에콜(ecole) 같은 것을 내세운 적은 없으나, 〈광주문학아카데미〉가 추구하는 방향성은 전방위적 미학주의라고 말할 수 있다. 이는 처음부터 작정한 것이 아니라 모이다 보니 그와 같은 방향성이나 색채감이 생긴 것일 뿐이다. 서정갈래에서 다성성의 문제, 환상적 리얼리즘이나 신표현주의, 시조 갈래의 구술적 특성, 장르혼합 등의 선견된 지점에 대해 소망을 피력한 회원도 있었으나, 이를 전면화할 만큼 논리적 미학적 기반이 담보된 것은 아니었다. 각자의 마음 속에 창작의 구심점 같은 것이 있었고, 누군가 언뜻 그러한 소망을 내비치더라도 그것은 공통의 것이 아닌 그 개인만의 것으로 존중 받았다.

이처럼 자유롭고 민주적이나 마냥 허용적인 것만은 아니었다. 지나친 혹평은 멀리했으나 칭찬에도 인색했다. 일부 작품은 수상작이나 신춘문예 당선작이 되어 돌아온 뒤에야 인정받기도 했다. 더구나 수상작 자체도 상대적 기준에 의한 것일 뿐 절대적 기준에 속한 건 아니라고 보았다. 이는 우리가 가진 미학적 기준의 엄정성을 나타내는 징표이다. 이와 같은 비평적 기준을 통해 자기 연마의 가능성을 최대치로 끌어올리고자 한 것이다.

이번에 펴내는 앤솔로지 『흘러내리는 기억』은 그간의 과정을 보여주는 우리의 구체적인 실체화이다. 현시대의 정신사나 작품미학을 감당하기에는 턱없이 부족하고, 우리에게 남겨진 시간이나 인원도 충분하지 않다. 그럼에도 우리는 꿈꾸고, 우애하고, 또 각자의 개별성을 확보하기 위해 노력을 멈추지 않고 있다. 아직도 과정 중에 있고 결과는 멀리 있다고 보기 때문이다. 이번을 기회로 초심으로 돌아가, 새롭게 시작하고 또 개별성을 더욱 확대, 심화시켜 나갈 수 있는 계기가 되기를 바란다.

끝으로 우리의 모색과 추구에 도움을 주신, 광주문화재단 담당자 여러분의 노고에 감사를 드리며, 앞으로도 한국문학 발전에 버팀목이 되어주실 것을 부탁드린다.

바다의 안부

부르고 부르다가 딱딱하게 굳은 혀

은박지 구기는 밤
푸르스름 안개 필 때

더 멀리
바라보았다
지워지는 얼굴들

김강호

문수사 가는 길

속에 것
다 긁어 낸
빈 몸뚱이 단풍나무

오월을 헤엄쳐 가네
목어처럼
울며 가네

김화정

시그널

녹아내린 잇몸에게
사느라 빚을 졌다

피멍울 무시하다
불화살을 맞았다

여태껏 눈감아주다
야밤에 기습했다

박성민

해시태그

신神은
우물 속에
두레박을 던진다

대바늘이 겹치면서
소문들을 깁고 있고

동그란 털실 뭉치가
방안을 굴러다닌다

그루터기를 보며

새들에게 가난하다 말하지 않는 것처럼 바위에게 답
답하다 말하지 않는 것처럼
붙박인 나무를 보고 오라 하지 않는 것처럼.

먼 길 가지 않아도 알게 되는 것이 있다
서로서로 기대다가도 외따로이 나앉아
몸속에 나이테 같은 길을 내어 가고 있음을.

수납된 사람들

하루치 할당량을 끝마친 사람들이

찬거리를 걷는다
거절을 익히지 못해

오늘 밤, 우리는 함께
수납함에 들어간다

빈 접시

어슥한 새벽빛이 파지처럼 구겨질 때 맨 나중에 흘려
쓴 이름은 중강진이다, 설원(雪原)에 영 닿지 못한다,

거듭 이런 공복이다.

———————————————————— 이송희

철길 위의 시간

우리는 약속처럼 간격을 유지했다

같은 곳을 향하여 꿈꾸는
은빛 창문

적당히 바람이 불고
그리움도 덜컹거려

연잎 위에 구르는 물방울 하나

나는 참 오목해서
생각만 궁글리지

어쩌면 너무 맑아 소리조차 지우고

기우뚱
당신 놓칠세라
내려놓지 못한 것

고사목

직립으로 버틴 시간이 시나브로 허물어져

뼛속 깊이 새겨놓은 얼굴이 사라지면

촘촘한 뿌리 사이에서 날아가는 흰나비 떼.

나는 늘 잘 있다 했다

거칠게 불던 바람 , 여름날의 빗줄기들
간혹 마른하늘에 천둥도 다녀갔으나

근황을 묻는 당신에게
나는 늘 잘 있다 했다

백련사 동백

뒤틀리고 거꾸러졌다고

사무치게 보지 마라

온몸에 박혀버린

종양도 내 살인 걸

폭풍우

치는 밤에도

그대 올까 꽃문 여네

차례

광주문학아카데미 1집 **흘러내리는** 기―억

고성만

1998년 동서문학, 2019년 〈농민신문〉 신춘문예에 시조 당선.
시조집 『파란, 만장』.

민들레 외 1편

아이와 웃으며 걸어오는 히잡 쓴 여자

낙타 없이
그 멀리서
도대체
어떻게

차양 막 흔드는 바람
회백색 갓털처럼

빨간 넥타이

오월 내내 탐스럽게 피어난 넝쿨장미

깊이깊이 숨겨둔 마음을 찾으려다

가시에

찔려버린 나, 너

부르는

긴 혓바닥

붓꽃 피는 아침 외 4편

언제 저리 피었을까
뚜껑 여는
작은 붓들
지붕 벽 침대까지 노란색 집에서
밤새워 다투던 고갱 타히티로 떠난 아침

슬픔은 좀처럼 시들지 않는 구나
테오야, 불룩한 병에 담아 너에게 보내니
이걸로
아버지 어머니께 맛있는 빵
사 드리렴

그림이 팔렸다는 소식 기다리다
권총으로 자신 심장 겨누는 화가
보라색 햇살을 묻혀
한 촉 한 촉
펼친 붓들

핥고 싶다

탱자나무 가시 꺾어 상처 부위 딴 다음
다래끼 흠뻑 빨아주던 어머니
찌르르 아프긴 해도 개운했던 혀의 감촉

어머니 안 계신데 상처는 덧나서
내 혀를 쑥 뽑아 샅샅이 핥고 싶다
세균에 바이러스들 뿌리 뽑을 때까지

나보다 아픈 그대 꼼꼼하고 정성스럽게
핥아주고 싶다 세상 온갖 병을 씻어
괜찮아 다 나을 거야 속삭여 주고 싶다

손금에 내리는 비

이삿날 소중한 구슬 딱지 건넨 친구 은사시 숲속에
서 첫 입술 주던 애인

지금은 어느 거리를 지나가고 있는지

늘그미 쑨 죽에 참기름 동동 띄워 돈나물 곰밤부
리 허위허위 먹고 싶어 장미향 송화 가루가 몰려오는
고갯마루

뻐꾸기는 종일 울어 전생에 떠돌이였는지, 깨어진
유리처럼 사방으로 뻗은 길들

무논에 개구리 소리 자글자글 들리는 밤

감잎 필 때 못자리 밤꽃 필 때 모내기 접시꽃 붉다
고 늦장마 진다고

주먹을 꽉 쥔다 자욱,

안개비 흩뿌린다

겨울 저수지

흰 구름의 날개가 머물다 가는 곳
마디마디 푸른 대숲 분절된 비명들
계곡 위 범종소리가 아스라이 닿을 듯

일가족 차에 탄 채 물속으로 달렸다는데
안전벨트 맨 자세로 좌석에 앉았다는데
쨍그랑, 깨뜨려진 햇살 살갗을 파고든다

아차하면 헛딛어 빠질 뻔한 가장자리
핏줄 같은 개울물이 흘러내려 모여든다
저기 저 터질 수 없어 꽝꽝 언 울음 창고

마루

바다가 가까운 집

누이와 친구들이
나와 내 친구의 고추 꺼내
조물조물

흰나비 한 마리 담을 넘어
훨훨훨
날아갔다

광주문학아카데미 1집 흘러내리는 기ー억

김강호

1999년 동아일보 신춘문예 당선.
시조집 『군함도』외 4권, 가사시집 『무주구천동 33경』 있음.

갈매기 살 외 1편

돼지가 끼룩끼룩 갈매기 울음 운다
먼 바다 시원하게 날고 싶은 것일까
상상 속 그림 한 장이 포장마차에 걸린다

돼지고기 부위에 갈매기살 있는 것은
기발한 웃음 한 번 살갑게 맛보라며
남몰래 갈매기가 와서 덤으로 넣은 것이다

저녁놀에 구워지는 달콤한 향수 몇 점과
별빛소리 연거푸 비워내는 술잔에
한바탕 취기가 출렁 파도로 출렁인다

자객

번개보다 빠르게
산 훌쩍 뛰어 넘어

날렵한 몸놀림으로
겨울 끝동 베고 갔다

봄빛이
터지는 소리

아우성치는
물소리

두 번째 여행 외 4편

– 입관入棺

투명한 유리벽 안쪽 염장이 둘이 서서
망자 떠나보낼 의식을 치르고 있다
저음의 클래식 선율이
안개보다 가볍다

얼굴을 덮어놓고 목을 닦아 내려간다
견뎌온 생의 굴레 헛헛하고 가쁜 순간이
희디흰 수건에 닦여
눈꽃처럼 녹는다

자식들 웃음과 눈물 평생토록 피고 지던
따스했던 두 팔은 간이역이 되어있다
잠깐씩 쉬어가던 날들
기적소리로 남아있다

야무지게 움켜쥐었던 이승의 낱알들이
저렇듯 흔적 없이 손 밖으로 빠져나가고

단 한 올 삶의 보풀도
쥘 수 없는 시간이다

가슴팍 용솟음치며 터질 듯 끓어올랐던
활화산이 식었다 깎아지른 빙벽이다
겹겹의 골짜기마다
메아리도 굳었다

등허리에 달라붙은 허기진 배를 본다
가난을 끌고 가다 멈춰 선 실루엣 길
조팝꽃 흰쌀밥이듯
고봉으로 피운 곳

숨 가쁜 신음 소리 달콤하게 쏟아내며
애정을 불태우던 사타구니 언덕배기
젊은 날 탱탱하던 시간
쭈그렁 달려있다

버거운 날을 받치고 버팅기던 대퇴골
여든 해 비탈길을 간신히 넘어서서
곰삭은 작대기 되어
허탈하게 놓였다

산 같은 삶의 무게 낙타처럼 짊어지고
쉼 없이 들쑤시던 통증을 견뎌내며
사막을 건너온 무릎
옹이로 굳어 있다

한 뼘 남짓 정강이를 가뭇없이 바라본다
차돌같이 단단했던 뚝심이 풀어지고
버티던 자존심마저
젓가락보다 야위었다

뒤틀리고 굳은살 박힌 발가락 닦아갈 때
협곡을 기어오르던 야크 같은 울음소리와

신작로 달리던 소리
뽀얗게 묻어 나온다

손톱과 발톱을 조심스레 깎은 자리
어스름 밀어내며 초승달이 돋고 있다
아슬한 모롱이에서
길을 밝혀 주려는 듯

까칠한 수염을 밀고 머리를 빗어주고
눈썹을 다듬더니 연분홍 분을 바른다
참 곱다 꿈을 꾸듯이
평안해진 저 얼굴

살아생전 마련해둔 향기로운 수의 한 벌
샛노랗게 마른 알몸에 정성껏 입히고 있다
쪽빛이 출렁거리는
꽃버선도 신겼다

바쁘게 걸어온 길 둘둘 말아 묶는다
몸 가득 품고 살던 앙증맞은 꽃말까지
염포로 촘촘 묶는다
정갈한 꽃다발이다

관 속에 눕혀진 채 여행 준비 끝냈다
상주들이 쏟은 눈물 가득히 차오를 때
세상의 문을 닫는다
망치소리가 어둡다

어머니의 눈

요양원 유리창에
눈망울이 붙어 있다

흐릿한 동공 속엔
눈꽃이 흩날리고

그 눈꽃 맞으면서 올
아들이 그리운 듯

세상을 다 담아도
아들보다 작은가 보다

유리문에 달라붙어
망원경이 되어버린

눈으로 빨려들어 간다
서럽도록 따뜻하다

발

너를 가만 들여다보면 산 있고 계곡 있고
숨 가쁘게 내달리던 원시의 소리 있고
긴 어둠 강을 건너던 부르튼 뗏목 있다

험한 길 걷는 동안 못 박히고 뒤틀렸지만
속울음을 삼키며 순종해온 너를 향해
무수히 많은 길들이 걸어오는 걸 보았다

새벽녘 경쾌하게 내딛는 너에게서
빌딩 숲 울려나가는 청포도 빛 실로폰 소리
절망도 가볍게 넘을 날개 돋는 소리가 난다

M시인에게

내 시를 씹어 보시게 달콤한지 씁쓸한지
시즙이 탱탱한지 껍질만 남았는지
씹다가 뱉아야 할지 곱씹어도 되는지

쓸수록 부족하고 글맛이 나질 않아
완성 된 후에도 내놓기 부끄럽네
언제쯤 까무러지도록 맛깔난 시 내밀지…

언뜻 봐도 좋은 시는 윤기가 차르르 돌데
M시인 시 맛에 빠져 밤새도록 안달하다가
종내는 뿌리째 뽑아 잘근잘근 씹었지

시심이 돌아 앉아 딴지를 거는 날엔
툇마루 사운 대는 별빛이나 만지면서
피 토해 시 쓰며 우는 두견울음 씹곤 하지

시의 해부학

메스의 날 끝에서 비명이 떨어진다
시마다 색다르게 뿜어내는 찬연한 피
투명한 비평 그릇에 조심스레 받는다

어떤 시는 단단해서 메스를 튕겨내고
어떤 시는 메스를 피해 정신없이 달아나고
또 어떤 주눅 든 시는 지레 먼저 자폭했다

무성음의 목소리가 안개처럼 번지던
절개한 시편들의 몸통을 봉합하자
침묵은 움켜쥐었던 긴장의 끈 놓는다

문장의 지느러미 날렵하게 뒤집으며
상상의 바다로 가는 등 맑은 시를 볼 때
난 잠시 반가사유상, 엷은 미소 짓는다

광주문학아카데미 1집 흘러내리는 기—억

김 화 정

2008년 《시와 상상》 시 당선. 2010년 〈영주신춘문예〉 시조 당선.
시집 『맨드라미 꽃눈』, 『물에서 크는 나무』.

보름달 외 1편

터질 듯 채운 꿈이
어둠을 밀어낸다

홀린 듯 눈부신 이 밤
목련꽃 지고 있는

내 가슴
달빛 한 말에
두 말 가웃 설움이요

4중 추돌

비상등에 급제동 한숨 돌리자마자

앞 뒤로 벼락 맞고
쓰러지는 나의 분신

굶주린 하이에나처럼 견인차가 끌고 간다.

등 돌려 가려는데
부딪친 파편들

자동차 소음 속으로 멀어지는 너의 모습

미안해 지켜주지 못 했어 이렇게 널 보내다니!

내 안의 하피첩 외 4편

햇차가 그리운 날 여유당에 들어선다
뜰의 매화 피지 않은 골 패인 마루 끝
햇살이 불을 지피며 앉으라 권하신다

뒤꼍에 참솔나무 그의 서책 펼치는데
입을 연 활자들 새떼처럼 날아간다
끝없이 잡으려 해도 닿을 수 없는 그 곳

노을 진 내 치마에 핏빛 시를 쓰리라
발부리 촛불 들고 더듬어간 나의 초당
흙벽에 닿은 촉수로 실금 긋는 매화가지

물안개

아무도 모르게
푸르른 너를 안고

새소리로 오르고
물소리로 내려온다

흥건한
숨결에 젖어
눈을 뜨는 차밭에서

하얀 잔

기다림,
늘 고프다
눈가,
물그림 진다

물방울 속 자식들
언니와 친구
똑, 똑, 똑……,

어머니
옛 일 지우는
한 세기가 물거품이다

가을, 말차를 마시며

장대비 그친 무등산 안개꽃 한창이다
운림제 처마 밑에 산새들 불러오면
찻잔에 고인 마음이 그대로 물소리다

막사발 덤벙사발 새겨진 문신으로
먹장구름 걷어내고 새인봉을 앉혀본다
가을이 독경을 하듯 가만가만 묻는 안부

햇살에 널어 말린 세상 그 봉우리들
비스듬히 기운 하루 그마저 우려내면
굽은 생, 한 채 떠 간다 내 안의 길을 찾아

봄 나무에 기대어

그대 보낸 길옆에서 몇 날을 서성였나
상처 난 잎사귀들 흩어놓은 그 자리에
얼음의 감옥을 지나 벼랑 끝에 다가선다

봄 불티 불어온 날 열꽃 들뜬 눈이 되어
불에 타 헐린 속내 풀씨 다시 돋는데
바닥난 술병 속으로 흔들리는 현기증

돌들이 느껴 운다 찬비에 얼굴 씻고
유채꽃 잠을 깨어 눈 번쩍 뜨는 봄날
기진한 가지에 물든 이 미친, 기다림

광주문학아카데미 1집 흘러내리는 기─억

박 성 민

2009년 서울신문 신춘문예 시조 당선. 시집 『쌍봉낙타의 꿈』, 『숲을 숲으로 읽다』, 『어쩌자고 그대는 먼 곳에 떠 있는가』. 가람시조문학상 신인상, 오늘의시조시인상 수상.

지두화* 외 1편

찬밥을 홀로 먹고
손가락에 먹을 묻혀

치욕을 견뎌내듯
한 획 한 획 그으면

빈 들판
마주한 저녁
먹물 밖이 그림이다

손톱에 자라던 달
화선지에 풀어두면

눈이 먼 겨울바람
지문에 새겨지고

세상은

온통 눈보라

목쉰 개가 짖는다

*지두화指頭畵 : 붓을 사용하지 않고 손가락, 손톱, 손바닥, 손등에 먹을 묻혀
그린 그림

숨비소리

거친 숨소리가 바다에 떠오르면
언제고 마를 날 없는 맨살이 부르튼다
누군가 외로운 혼을
쓸쓸하게 만지는 파도

죽음을 곁에 두고 살아온 입술은
바다의 음역音域에 생명의 모를 심고
둥글게 휘어지는 목숨
팽팽하게 당긴다

억척만 남은 테왁* 한숨이 자맥질하면
물거품만 혼잣말로 하얗게 흩어진다
바다가 홀로 남아서
남몰래 우는 소리

*테왁 : 해녀가 자맥질할 때 가슴에 받쳐 몸을 뜨게 하는 뒤웅박

청사과 깎는 여자 외 4편

그녀는 칼날로 북극 먼저 도려낸다
지구의 기울기인 23.5도로 사과를 눕혀
돌리며 깎아나간다
북반구가 하얘진다

푸른 지구 속살에서 흘러나온 과즙 향기
끊길 듯 이어지며 남극까지 깎이는
청사과 엷은 껍질에
매달린 빌딩들

사과를 기울여 한 바퀴 돌릴 때마다
그녀의 눈동자에 낮과 밤이 지나가고
사랑의 기울기 끝에
빙하가 다 녹는다

라이플라워

여기서 살아나간 향기는 없었다
말라붙은 웃음만 빛깔로 남은 병실
눈뜬 채 잠이 든 그녀
눈꺼풀 떠는 창문

옆으로 돌아누워 거울을 마주 보면
텅 빈 뼛속에서 한 묶음 새가 운다
허공에 부리를 묻는다
물 한 모금 없는 새장

안개가 무성하던 계절은 멈춰 섰다
한 알의 하루를 삼키는 저물녘엔
온몸이 바스라진다
잇몸으로 뜨는 달

사물이 거울에 보이는 것보다
가까이에 있음

날이 선 기억으로 눈뜨는 5월이면
길 위에서 꿈꾸던 노래들이 타오른다
거울 속 발목 빠진 새
한 마리가 울고 있다

날아가던 총알이 아직 여기 멈춰 섰다
죽지 못한 새들은 죽지에 얼굴을 묻고
불 꺼진 건물들 사이
그림자가 스쳐간다

머뭇대던 물방울이 미끄러져 떨어진다
허공을 허물면서 날아오는 메아리
금남로 길을 접어서
몸속에 말아 넣는다

고양이는 그레코로만 형으로

노을은 상해 버린 생선 냄새 풍긴다
고양이가 움츠리고 올라가는 난간 지붕
달빛은 비린내 나는 비늘처럼 반짝인다

발정난 듯 지붕으로 뻗어가는 장미 넝쿨
먹다 남은 가시를 노려보는 둥근 눈
밤새껏 신생아 같은 울음을 클린치한다

싫증 난 지붕이 고양이를 캑캑 뱉으면
꼬리를 세우고 난간을 다시 올라
누워서 가슴 너머로 달빛을 안아던진다

김광석

저녁이면 지친 삶은
음 이탈을 하곤 했다

식어 버린 노을 앞에
눈감으면 환한 몸살

그대를 생각할 때면
자꾸 발을 헛디딘다

젖은 통증 몇 방울
흘러내린 창가에서

빗줄기를 튕겨봐도
조율되지 않는 세상

목젖이 부은 노래가
길 위에서 죽는다

광주문학아카데미 1집 흘러내리는 기—억

박 정 호

1966년 전남 곡성 출생. 1988년 《시조문학》추천완료. 한국시조시인협
회 본상수상, 한국시조시인협회, 오늘의 시조시인회의, 광주문인협회,
곡성문인협회 회원, 〈역류〉·〈율격〉동인.

마음의 바깥 외 8편

1.

바깥이 문제다. 바깥은 허술하다. 억지웃음으로 위장되어 있으나 쉽게 들키고 만다. 바깥이 불안하다. 불안은 먼 곳까지 포진하고 있다.

나는 안이고 세상은 바깥이다. 나무는 안이고 꽃은 바깥이다. 꽃은 피는 것이 아니라 터져 나온다. 부르는 곳은 안이고 오는 곳은 바깥이다. 그대는 안에서 오는가? 밖에서 오는가? 그런 것 상관없이 너는 안이고 나는 바깥이다.

때때로 안팎이 바뀔 수 있으니 구분을 잘해야 한다.

2.

　바깥은 적나라하다. 안에서 느슨해진 긴장의 볼트를 바짝 조여라.

　잘 알고 있는 곳이라도 헤매기 마련인 길에서는 만나는 것들마다 인사를 해야 하므로 잘 차려 입어야 한다. 치장이 행세다. 넝마의 시간을 기워 놓은 망신창이 마음이야 흩어져 돌처럼 뒹굴거나 바람이나 물처럼 흘러 어느 자작나무 숲을 돌아가고 있을지라도 치부를 드러내어 얄보이면 안 된다. 때 낀 발목을 비단으로 가리고

　나서라, 가열한 존재여 그럴싸하게, 진짜처럼.

돌의 시간

– 한재골에서

나는 돌이라 구르고 굴러 뛰는 돌
펄쩍! 뛰다가 어처구니로 처박혀
영마루 넘지 못하고 잊혀진 숨결이다.

구릉에 돌아앉아 다독이는 조각조각
팔매질한 어린 손아, 불구덩이나 꽃밭을 질러
은하수 건너다니는 떠돌이로 뒹구는 돌.

천변만화 구름길에 된비알 너덜겅에
물이 끓는지 피가 끓는지 할 수 없이 데굴데굴
주름진 돌의 시간을 씻고 있다, 식히고 있다.

마음 한 평

등에 내린 무게가 달빛 별빛은 아닐 터, 창고에 쌓인 것이 돌무더기는 아닐 터, 도중에 주저앉은 것이 풀잎만은 아닐 터.

곁가지로 자란 것이 본래면목本來面目을 흔든다
가까워졌을까? 오래 걸었으니, 늙은 사람을 보면 눈물이 난다. 금목서金木犀 향기에도 홍루紅淚를 본 듯 미어지는 소슬한 나이. 일월日月을 스친 것들은 말 없이 한 숨 깊어져 발걸음이 무겁다. 목숨은 도둑 같아서 못다 고한 죄 같아서 산을 넘고 강을 건너 허허 벌판에 툭! 떨어진 돌멩이 같더라. 풀씨처럼 날리는 뜬소문…. 하늘을 살핀 적 없고 이 땅을 굽어본 적 없어 천리天理가 왔다 해도 불민하여 몰랐고, 몰라서 헛되어 욕스러워도 덤덤하였다. 연륜이란 얼마나 노련한 것인가. 염치와 부끄러움이 아무렇지 않게 되었다. 눈 감고 귀 막고 입 닫은 냉가슴 속을 일진광풍으로 휘몰아쳐 와서 뒤란의 대숲이나 흔들다 마는 것이었

구나. 노도怒濤를 달래며 그저, 먼 구름 곁에 그대 있
어 무작정 걸었음이라

　　미망迷妄의 골짜기더냐

　　다 건너지 못하였으니.

세량지에서

떠나서 잊어진다면 날마다 걸었으리라
소리쳐서 비워진다면 쑥국쑥국 울었으리라
그래서 살아진다면, 어디서든 어떻해서든.

딸깍발이 절뚝거리는 멀고 먼 이 지상을
오는 것이니, 떠나가서 저며 저며 오는 것이니
몸이야 던져진 채로 마음 부려 가는 것.

꽃그늘 산그늘 물빛도 깊은 하늘
놓아버리고 잃어버리고 갈 수가 없다 갈 곳 없이
세량지 잠긴 길 위에 풍경으로 서 있다.

울음의 설계設計

눈물 몇 방울 흩날린다고 어떻게 되겠는가
그것도 사내가 꼴 못난 사내가
그 무슨 억하심정으로 울어야 쓰것는가.

아무도 관심 갖지 않는 미물이래도 초목이래도
햇볕 바람 더불어 눈빛 나누던 이웃이었으니,
기대어 마음 다스려 돌아오곤 하였으니.

나는 운다 흔들려 운다 땅을 치며 꽝꽝 운다
길 위에 멈춰버린 새의 시간을 조상하며
우르릉 소리쳐 운다 바다 건너 다 들리게.

누가 보지 않아도 저마다의 몸짓으로
물 같고 불같은 숱한 날을 지나와서
사내가 꼴에 사내가 부끄러움도 모르고 운다.

이름

1.

여기 외딴 하늘이 있다. 뒹구는 별이 있다. 던져진 돌처럼 풀숲에 처박혀 새들도 찾을 수 없는 잃어버린 노래가 있다.

해와 달 산과 물 같은 무엇이 되어라고, 무엇이 되어 살아라고 고귀하게 지어 준 이름도 뭣도 모르는, 암도 모르는 거시기.

2.

그리움이라는 꽃말의 이름은 희망이다. 싸돌아 다니다가도 부르면 뒤돌아본다. 희망은 부르면 온다. 돌아보면 희망이다.

그렇게 되리라. 그래서 너를 부른다. 너라는 세상을 향해 나 지금 가고 있으니, 섬처럼 거기 있으라. 아득해도 희망이다.

나는 자전自轉한다

너를 중심으로 돌던 길이 끊긴 이후였을까

잃어버린 낮과 밤, 뒤틀린 공전의 궤도. 인력引力을 벗어난 행성 하나가 멀어지고 멀어져서 극과 극이 되었을 때 마침내 아무것도 아니게 되리라. 무겁거나 가볍거나 죄의식 없는 슬픔은 마른 목석일 뿐, 암흑의 공간에 감정을 관장하는 장치가 없다. 떠다니는 것들은 어디에선가 놓쳐버리거나 놓아버린 것들이다. 길 잃은 것들 투성이다. 자유로웠으나 자유의 이면에는 붉은 피의 흔적이 남아 있다. 어둠을 호흡하며 지워져 간다. 기억의 오류에 불과한 세상이 아문 상처의 딱지처럼 벗겨진다. 빛과 어둠을 끌어당기는 블랙홀을 지나 무위無爲의 영역에 도달하게 되리라. *나는 사라진다. 저 광활한 우주 속으로

헤엄쳐 가고 있나 보다. 아니, 오고 있나 보다. 일순간 딱정벌레처럼 붙잡아 매달린 허공에 주름이 진

다. 우주에도 상류가 있어 거슬러 가야 할 곳이 있는
가. 회귀본능으로 가야할 곳을 알고 있다는 듯이, 안
드로메다 물고기자리 그 먼 군도群島 공간이 휜다.

*나는 사라진다. 저 광활한 우주 속으로 – 박정만

광주문학아카데미 1집 흘러내리는 기—억

백애송

2016년 《시와 문화》에 시가, 같은 해 《시와 시학》으로 평론이 당선되어
작품 활동을 시작,   시집 『우리는 어쩌다 어딘가에서 마주치더라도』, 연
구서 『이성부 시에 나타난 공간 인식』이 있음.

거짓말의 거짓말 외 1편

저항에 대한 저항의,
저항의 최후가
거리에 쌓인다

한 줄기 눈물의 힘을
어디에 묻어야 할까

열여덟 의대생 청년과
열아홉의 태권소녀
산 채로 불길에 뛰어든 사람들

가장 낮은 곳에서
가장 연약한 자들이 쏟아지는
작은 도시 양곤 아잉세잉구*

나침반은 강렬하게 흔들리고
세 손가락의 경례가

슬픔을 대신한다

아픔이 모이면 이룰 수 있을까

우리의, 우리가

*미얀마의 지명

버려진 케익

누군가를 축하하기 위해 걸어가는 마음 하나

들뜬 마음 한 조각은
귀퉁이에 놓여 있다

단절된 우리의 관계는
말없이 머물기만 할 뿐

시크릿 외 4편

이건 비밀인데요
라고 시작된 이야기는
누군가에게 전달해 달라는 이야기

세상에 비밀이 없다는 말은
당연하면서도 당연하지 않다

어쩌다 돌고 돌아온 화살의 끝은
당신이 아니라 결국 나를 향한 것

혼잣말처럼 들리는
바람결의 종착역은 어디일까

언제부터였을까
지켜야 하는 이야기에 날개를 단 것은

들어야 할 때와 말해야 할 때
듣지 말아야 할 때와
말을 아껴야 할 때

은근한 비밀보다
말할 수밖에 없는 사연이
자오선을 그리며 비행한다

시간

누군가의 기억 안에 살고 있다는 것은
종이 한 장의 무게

묵은해와 새해처럼
경계에서 경계로 이동한다

종이의 가벼움은
어쩌면
찬란한 순간에 멈춰 있을지도

혹은 어떤 힘이
우리를 본질에 머물게 했을지도

누가 시키지 않아도
우리는 매일 조금씩 자라고 있다

저마다 서툰 방식으로

키를 늘려가고 있는 중이다

슬프지 않다

슬퍼도 울지 못하는 사람이 있기에

짧은 혀로 말하고 생각하며
버틴다
그리고 살아간다

뒤돌아보면
혼자 밥을 먹는 시간이 많았다

오르막 길도
내리막 길도 혼자였다

그렇다 하더라도
짧다는 것을 탓하지 않는다

나는, 또 다른 나의
다른 이름일 뿐이니

슬픔의 이목구비에 대해
말하지 않기로 하였다

다시, 이별

눈물을 흘리면서도 새드무비에서
눈길을 떼지 못하는 것은
아직 사랑이 있다고 믿기 때문이다

사랑이 사라진 미로에서는
미래를 예측할 수 없기에

눈을 감고 있어도 차오르는 눈물은
그냥 두기로 하였다

기대를 저버리는
아름다운 배신은 하지 않기로

슬픔과 슬픔 사이에 놓인 징검다리는
어쩌면 화면 속 이별 장면이기에 가능할 뿐

벚꽃잎 흩날리는 이별과
예쁜 눈물은
현실에는 존재하지 않는다

다시 맞이하는 이별은
머피의 법칙처럼

고양이

눈으로 말하는 천근같은 무게는

외로운 일상의 방향을 마주한다

변곡점 그 안에 숨은
감추어진 하얀 울음

광주문학아카데미 1집 **흘러내리는 기―억**

염창권

동아일보(1990, 시조)와 서울신문(1996, 시) 신춘문예로 등단. 시집 『마음의 음력』, 『한밤의 우편취급소』 외, 평론집 『존재의 기척』. 중앙시조대상, 노산시조문학상 외.

그곳으로 돌아온 그는 외 1편

문은 열려 있었다, 슬레이트 처마 밑에
그 풍경은 내색 없이 그 자리에 서 있었다
기억은 목이 쉬었다, 넌 올 줄 알았다고

빗장 풀린 길 안쪽에 또 길이 있었다
그곳에서 발원한 두 강물이 곧 닿았다
가을의 혈관 속에서 풀냄새가 흩어졌다

멈춰선 건, 그의 발이 아니라 의지였듯
길바닥에 흘리고 온 발자국은 멀어졌다
구두를 벗은 말들이 씨앗처럼 쏟아졌다

동정同情

비굴이 더 큰 비굴을
비참이 더 큰 비참을

어떤 분이 불러서,
청와대 아니면 국회의사당 앞에 가서 머리를 박박 밀
고 일인시위쯤이라도 해야 않겠나?,하고 성을 냈다,
치욕이 다시 부풀려졌다,
날 삼켰다

축축한 마음을 꺼내어
계산하고 나왔다.

객석 외 4편

은색의 박막 위에 벗은 살이 비렸다 방사된 몸통 아래
시간의 늑흔勒痕 같은, 질환이 퍼렇게 날인되자

야생의 몸 들끓었다.

접힌 부분을 읽다

밤새워 뒤척이는 책이 있다, 못 읽고
사선으로 접어둔 엊그제처럼, 넌 언제나
섬이다, 바라만 보는 불가촉의 길이다

중천장은 점차 누렇게 변색이 돼갔다
항우울제 프로작은 쥐오줌풀이 주성분인데,
읽어도 갈증인 길에서
넌 자꾸만 실종됐다

기억의 모서리를 더듬어 널 찾아낸다,
아이들이 살다 간 깊고 푸른 방안에서
생활의 밀교를 치르듯 중심부가 뜨거운

축축해진 감정선, 그 불온성에 감전되어
타들어간다,
접선, 접선, 나는 너, 너는 나다,

오, 춘풍,

번쩍이는 뇌우, 새로 돋은 별빛까지

야외침낭

꽃을 본다,
활짝 핀 네 얼굴이 화관을 썼다
눈물 난다,
올 때나 갈 때나 관瞽 속 길이니
둥글게 몸 밀어 넣느라, 추운 날 애쓴다

중력장을 벗어나면 시간의 길 휘어진다
물관부가 부풀어 오른 봄밤
관棺 열리자
일순간 우주가 왔다갔다, 넌 피었다 진 뒤다

까마득히 멀어져간 행성의 뒤를 따라
빨대를 꽂은 저녁이, 방주가 빨려든다
어둠이 부풀어 오른다, 둥 둥 떠간다.

6월

밤꽃 필 때
그 냄새 숨기지 못한다,
바람이 비벼대고 있어서인지
가루분이 날린다

그걸 받아주는
치맛자락이 공중에 걸려 있다

상한 꽃을 다녀온 벌처럼
마음이 웅성거리던 것이 오래전 일이다

언젠가 본 적이 있는 날들과
그곳에 버무려진 얼굴들이 지나간다.

스테이션*The Station*

물 없는 낙타의 밤이 협곡으로 추락하였다

사막의 궁륭에 듬성듬성 발자국을 찍으며
밤새 뒤척이던,
        서류뭉치 같은 그가 하품을 한다
어제 결제했던…, 뭐…, 라고 하면서
잠꼬대를 하더니
조간에 들러붙은 활자들을 긁어보다가
송곳 같은 젓가락으로 그릇을 뒤적거린다
의심은 배신당하지 않는
가장 좋은 처방일까,
부쩍 서류 몇 장을 가슴에 붙이고 사는
건너편에게
시간의 행선지를 탐문하겠다는 듯
분침을 박은 손가락으로 찔러 보인다
허나, 서류 심은 가슴이
푸릇한 자기장을 키우는지 무선으로도 찌릿하다

침상과 식탁,

          두 개의 스테이션은 황량했으나

시간의 발목이 그를 운반한다

덜컹거리는

몇 개의 스테이션을 지나며

걸들의 미끈한 다리를 흘깃흘깃 지나친다

순간 20년 전에 잃어버렸던

낯선 감각을 몰고 왔으나

          자의식이 그의 목덜미를 두어 차례 후려쳤다

통로를 지나자

눌어붙은 스테이션의 눈빛들이

그를 빠르게 스캔한다, 머리끝에서 발끝으로 계단을 올라

갈색 가죽가방을 놓고

회칠된 벽에 기댄

          오래된 나무책상 앞에 앉는다

포마이커칠이 약간 들떠 있으나

이 은신처는 1년 동안 유효하다

황도십이궁이

옮겨간 뒤로

상부 스테이션에서는 소식이 없다

밤새 꿈속이었던,

          하부 스테이션은 보이지 않는다

부서업무총람의 먼지를 털다가

기도를 거슬러 오르는

마른기침을 주먹으로 받아낸다

잠깐,

          환영이었을까?

바라나시 화장터에서 보았던

노인의 얼굴이

          장작더미 위에 있다

딱딱한 나무의자가

거대한 보리수만큼 자란다

푸른 불길 속의 얼굴이 그를 들여다보고 있다.

광주문학아카데미 1집 **흘러내리는 기억**

이
송
희

2003 《조선일보》신춘문예로 등단, 고산문학대상, 가람시조문학상 신인
상과 오늘의시조시인상 수상, 시집 『수많은 당신들 앞에 또 다른 당신이
되어』, 『이태리 면사무소』, 『이름의 고고학』, 『아포리아 숲』, 『환절기의 판
화』, 평론집 및 학술서 『경계의 시학』, 『길 위의 문장』, 『아달린의 방』, 『눈
물로 읽는 사서함』, 『현대시와 인지시학』 등이 있음.

테이크아웃해 주세요 외 1편

함께 나눈 말들이 소복소복 쌓였어

틈새를 벌리고 불어넣은 바람들

달콤한 위로 몇 개도 고명으로 얹었어

아무도 모르는 사이 번져가는 소문은

적당히 버무려서 두서없이 담았지

그들은 간을 맞추며 울다 웃길 반복했어

가벼워지기 위해서는 표정을 바꿔야 해

민낯 가릴 휘핑크림은 더 이상 필요치 않아

어느새 목소리에는 힘이 가득 담겼어

밖으로 흘러넘치는 울음을 덮느라

서로의 안부를 우린 힘껏 끌어당겼지

포장된 도로 위에는 낯선 표정이 즐비했지

창

당신의 창문으로 침묵이 흘러내려요

미세먼지 뒤덮인 표정과 목소리엔
아프게 부메랑이 된 말들을 담고 있죠

바깥은 어느새 싸늘하게 식은 저녁
누구도 묻지 않은 안부를 떠올리며

어둠을 깔고 앉은 채
혼잣말을 건네요

고개를 돌리다가 돌이 된 사람들

몇 번의 클릭에도 안 열리는 창 앞에서

또 다른 당신을 위해
새 창을 만들어요

흘러내리는 기억 외 4편
–달리의 그림, 〈시간의 지속〉을 보고

우리의 시간은 흘러내리고 있었어

여전히 절벽 너머는 보이지 않았지만

잘 섞인 어제와 내일은 말랑하고 부드러웠지

눈 녹듯 녹아내리는 유년의 해변가

모서리에 부딪혀 멍든 꿈이 떠다녔지

뒤틀린 눈 코 입들이 무의식을 채웠어

째깍이는 죽음에서 걸어 나온 그림자

형의 얼굴 지우고 거울을 들여다보면

또 다른 페르소나가 당신으로 앉아 있어

기억은 돌아갈 수 없는, 나를 불러 세웠지

나무에 매달린 채로 눈 감은 수평선

어둠이 부풀기 전에 아침이 오고 있어

거리두기

내게서 격리된 내가 허물을 벗고 있다

손과 발이 묶이고 입마저 가려진 채

누구도 꺼내지 못한 거울 속에 갇힌다

침묵이 고인 식탁, 홀로 씹고 삼킨 말은

소화되지 못한 채 구석에 쌓인다

베란다 화분 속에는 불안이 자란다

유통될 기한도 없는, 마스크 쓴 낮과 밤

실금이 유리벽에 번져가는 중이다

밀폐된 통 속에 누워 날을 세운 눈빛들

웃는 자화상*

총기 잃은 눈빛 아래
고요가 깔린다

검고 흐린 혼잣말을 입안에 머금고

잇몸만 남은 자리에
흘러내린 헛웃음

주름진 눈 그늘마다
덕지덕지 앉은 슬픔

웃는지 우는지 모를 하루가 바스러질 때

온몸에 덧칠하면서
황혼이 건너온다

빛을 잃은 캔버스에

푸석푸석 쌓이는 어둠

주름진 고개 돌려 구부정히 앉은 그가

몇 줄기 빛을 쥐고서
거울을 바라본다

*자화상 혹은 웃고 있는 렘브란트(1665)로, 그의 나이 예순, 죽기 4년 전에
제작된 자화상.

리모델링 중입니다

젖은 하늘 갈아 끼우는 손들이 분주하다

매일 아침 마주한 표정을 들어낸 뒤

다 뜯긴 구름 몇 장을 비스듬히 놓는다

벽에 핀 꽃들은 무관심에 저물어

시들한 사랑과 마음만 드러냈다

장마철 빗물에 젖어 금이 간 담장들

줄 줄 줄 세던 울음 틀어막고 조이면

이제 뚝 그칠 거라는 당신의 말들이

어느새 꽃무늬 벽지에 얼룩지는 중이다

왕비 이야기

왕관을 쓴 그녀*는 어떻게 되었나요?

해가 저문 곳에서 환한 길이 끊기고
바람에 떠밀려 온 건 막다른 길의 돌담

무성한 안개 숲에서 말들이 달려왔죠

발길에 부딪혀서 터지는 말풍선들

구름은 능선 너머에 노을로 스러졌어요

골목을 돌고 돌면서 형태를 바꾼 어미
어미 뒤에 숨어들어 눈치 보는 꼬리말

거리엔 마스크를 쓴 입들이 떠다녔죠

*코로나는 '왕관'이라는 뜻이다.

광주문학아카데미 1집 **흘러내리는 기—억**

이 토 록

2017년 《열린시학》 등단, 시조집 『흰 꽃, 예별』

명자나무 분재 만들기 <small>외 1편</small>

나무를 길들여서
나무 안에 가둘 때

우리를 두드리며 울부짖는 초록잎

옹이가
버버리 아지매
뒤틀린 입 같았다

저 안에
가둔 말은
또 얼마나 부르틀까

안으로만 긁어댄 손톱 밑 살점 같은

꽃눈엔

터질 듯 붉게

핏발이 선명했다

산중턱에 태양광 패널 설치하기

네 나이를 세 보려고
저이가 널 잘랐구나

기도조차 모르는 어린 걸 거두었구나

태양이
집광판 위에
검은 혀를 올리기 전

이 뜨거운 제단 아래 붉은 비가 내렸다

그것은 울부짖음
머리채를 움켜잡고

등 뒤에
전기톱을 든
두건들이 서있던 날

소금쟁이들 외 4편

사람이
맨바닥에 몸을 던진, 현장 같다
연못은
아주 잠깐 파문을 그려낼 뿐

이 물은
너무 단단하다
깊어지지 않는다

구부러진 철사 같은
툭 꺾인 손목 같은

저이들,
저이들은 누가 와서 뼈를 셀까

이 물은,

몸을 던져서는
빠져 죽지 못한다

산벚꽃이 지는 동안

셔츠에 달려있던 단추가 똑, 떨어졌다
무게도 없는 삶이 바닥에 부딪혔다

아무도 알 수 없었던
어느 생이 이렇듯

바깥엔
산벚꽃이 제 무게로 무너진다

몸 하나 둘 곳 없는 꽃잎은
난분분하다

모두가
단추 만했던,
그 만큼이 전부였듯

빨간색 물감

이 등신은
짜고 짜도 붉은 색만 고집한다

장미가 되겠다고 혀를 깨문 유월 염천

사랑이
피로 물들어
눈동자에 고일 때

아, 등신은
제 몸에 불을 질러 타오른다

휘발유 빈 통들이 비명에 나뒹군다

바닥에
온점 하나만
시뻘겋게 찍어 두고

접촉

고라니는
올가미 저 너머서 왔습니다

그 숲에 가시가 자라는 걸 몰랐는지
나직한 신음소리가
허밍처럼 흘렀습니다

살아서, 꼭 살아서
고백은 했을까요

꼬리만 움찔하는, 이따금 버둥대는

찔레꽃 하얀 꽃잎에
혀를 댔던 그 순간

오늘도 나는 소처럼

삼킨 걸 다시 꺼내
씹는다

허기여

옛일들 시퍼렇게 어금니로 짓이길 땐

언제나 짐승이었다

이를 갈며
되새길 뿐

광주문학아카데미 1집 흘러내리는 기─억

임 성 규

1999년 금호문화 시조 등단.
2018년 무등일보 신춘 동화 당선. 시집 『배접』 『나무를 쓰다』.

벽화 외 1편

천정에서 물 떨어지는 소리가 들린다

혼자서 받아낸 시간 종양처럼 부풀고

바닥이 움푹 꺼질 때
종유석처럼 매달린다

눈을 뜬 채 누워서 별자리를 더듬는다

네 그림이야? 꿈속에서 여자가 물었지만

손가락 발가락 하나
움직이지 않는다

활활 타는 동백 숲이 눈앞을 스쳐간다

한 무리가 두드렸으나 열리지 않은 문

어디에 동박새를 두어야 할지
이제야 알 것 같다

움푹 팬 바닥에 붉은 꽃잎 쌓이고
허공에 떠 있는 검은 새의 깃털들

벽면에 숲으로 가는 길을
두껍게 그려 넣는다

바람개비

이파리 파닥이는 소리가 들린다.

밑창 떨어진 작업화가 덜렁거리고 나는 신발끈을 묶
는다. 투덜거리며 걷다가 날지 못하고 떨어지는 것들
이 눈에 밟힌다. 덜컹덜컹 십 톤 화물 트럭이 지나가
면서 내 걸음을 늦춘다. 컨베이어벨트에 실린 석탄과
함께 휩쓸려버린 스물 네 살의 청춘이 깜박깜박 sos
신호를 보내온다. 그는 재수가 없어 씽크홀에 빠진 것
일까? 침을 뱉어 보았지만, 생의 막막한 깊이를 가늠
할 수 없다. 그가 사라진 절벽 아래를 내려다본다. 그
아래 어디쯤 가늘고 긴 비명소리가 빠르게 달려온다.
오 신이시여. 입안에 물컹 핏덩이가 느껴지고, 비린
내가 몰려온다. 토악질을 견디면서 나는 풀어진 끈을
다시 묶는다. 개들이 짖어대고 벌레들이 수군거린다.
"너라고 다를 것 같아" 누군가의 목소리가 들린다. 누
구도 내 편이 아니라는 것을 알았지만, 나는 퍼덕거리
며 버텼다. 조금만 더 손을 내밀면 그의 손을 잡을 수

도 있을 것 같다. 떨어진 번호표를 주워들고 긴 줄 가
운데 슬쩍 끼어들 수 있을 것 같다. 작업복을 끌어올
리며 길을 걷는다.

봄밤에 켜는 등불 하나. 내 안에 바람개비,

빗자루에 관한 명상 외 4편

이 밤, 나는
바닥 쓰는 빗자루가 되었다

얕은 잠을 밀치고 푸른 등이 켜질 때 빳빳한 머리카락
이 왼쪽으로 눕는다 마른 몸 틀어쥔 손에 땀방울이 맺
힌다 바닥이 닳을 때마다 내 키도 줄어들어 병뚜껑 같
은 슬픔이 구르고 구른다 구석을 쓸다가 머리카락이
가늘어지고 물렁뼈가 닳고 닳아 손이 우는소리 소리,
구석에 처박혀 박쥐처럼 매달리자 문을 열고 당신 손
이 나를 들고 흥얼거린다 흔들고 털 때마다 떨어지는
소리 소리, 단단하던 바닥이 출렁이고 술렁이고 어느
사이 나는 자꾸 짧아지고 얇아진다

빗금 친 길의 무늬가 안으로만 찍힌다. 이 밤, 나는
바닥 쓰는 빗자루가 되었다

번짐에 대하여

안개 속 길을 잃고
너에게로 번져간다

부글거리며 살아온 포자의 시간들

누군가
내 안 깊숙이
거품을 만든다.

입에서 쏟아지는
녹색의 변명들

쓰디쓴 기억을
단물에 풀어 놓으면

아직은 견딜만하다고
흔들리며 피는 꽃.

바다를 지우다

청동빛 바다에
떠 있는 쪽배 하나
회칠한 벽 귀퉁이에 유화로 걸려있다

붓끝이 지나간 자리에
유년이 숨는다

아무도 손 내밀지 않는
허기진 오후에

빈속에서 울리는
아버지의 피리 소리

어둠이
바다를 지우며
두껍게 깔린다.

고사목

입안이 바싹 말라
숨을 쉴 수 없을 때

기억을 잃지 않으려
쳐놓은
금줄 한 가닥

바위에
뿌리를 대고
푸른빛을 꿈꾼다

직립으로 버틴 시간이
시나브로 허물어져

뼛속 깊이 새겨놓은
얼굴이 사라지면

촘촘한 뿌리 사이에서
날아가는 흰나비 떼.

혓바늘

내 마음 구석에
가시가 자란다

검붉은 돌기가
아슴아슴 만져져

입술을
벌릴 때마다
흘러나오는
비린 한숨

한때는 내 혀도 부드러운 잎새였지

그늘 속에 숨겨놓은
욕망의 잎을 타고
온종일 술렁거린 날은
가시가 돋았어

의심의 목소리가 안개 속을 떠돌아
붉게 물든 달이 구름 속에 갇힐 때

내 혀는 상처투성이
바늘을 쏟아냈어.

광주문학아카데미 1집 **흘러내리는 기―억**

정

혜

숙

2003년 중앙일보 《중앙신인문학상》 시조 부문 「앵남리 삽화」로 등단.
시조집 『앵남리 삽화』 『흰 그늘 아래』, 현대시조 100인선 『그 말을 추
려 읽다』, 오늘의시조시인상 중앙시조대상 신인상 등 수상. 2012년과
2021년 서울문화재단 창작지원금 받음.

사나흘 은자隱者처럼 외 1편

마음은 먼 곳, 거처가 아득하고
바람의 기별에 꽃잎 마구 흩날린다
새들은 망설임 없이
어디론가 날아갔다

영아자꽃 만났던 계곡을 다시 찾아
시든 꽃 몇 잎 주워 물에 띄워 보내며
물소리 대작對酌하면서
물의 악보 읽겠다

사나흘 은자隱者처럼
세사世事는 멀리 두고
바람의 후렴이 옷섶에 흥건해도
혼곤한 잠에 들겠다
그랬으면 좋겠다

이쯤에서 접을게요

솔기 해진 이야기
이쯤에서 접을게요
사위는 잔광에 눈시울이 젖습니다
때로는 천 길 벼랑에서
바람의 말을 들었죠

다 닳은 지문은 행방이 묘연하구요
개망초 방가지똥 너나들이 하는 마당
달빛이 지천입니다
마구 넘실댑니다

나비의 문장을 읽어요 외 4편

초서체의 문장을 천천히 따라가요
맑고 아름다운 나비의 홑겹 노래
읽힐 듯 읽히지 않는
쓸쓸한 비문이죠

나비를 부축하는 바람의 행려와
무릎에 고개를 묻은 초로의 저 남자
마음이 출구를 잃어
안개 속에 갇혀요

서풍의 갈피에 희미한 울음 몇 올
꽃의 이마 쓰다듬는 봄의 미간 어두워요
누구나 세상에 와서
조금씩 울다 가죠

조금 울었다

지구 저편에서 부음이 날아왔다
바람 불고 비 내린다 , 꽃들의 봉두난발
몇 번을 읽고 또 읽는 유작의 너머
혹은 배후

흩어졌다 모이는 이마 밝은 구름과
맑아서 서러운 작은 새의 긴 후렴
손 뻗어 닿을 수 없는
가을날의 먼 안부

시인의 서명을 오래 들여다본다
그늘이 드리워진 한 획 또 한 획
간신히 완성한 토막말…
나는 조금 울었다

해 지는 쪽을 향해
걸었던 적이 있었다

해 지는 쪽을 향해 걸었던 적이 있었다
먹물 같은 어둠을 찢으며 흰 달이 돋았고
시간의 부축을 받아
지금에 이르렀다

적응을 묻는 질문에 편안하다고 하면서
출가한 지 6년 째라고 담담하게 말했다
통증이 무지근하게
명치를 짓눌렀다

어느 봄날 불현듯 출가를 결심하고
몇 잔 술의 힘을 빌어 어머님께 고했다 했다
도처가 겨울이었던 때가
내게도 있었다

어디에도 없는 다정

흠결 없는 문장은 읽기도 전에 사라진다
시효가 지극히 짧은 아름다운 꽃의 서체
이제 나 어디로 가랴
꽃이 저리 지는데

한 뼘 남은 햇살이 서녘에 위태롭고
한지에 먹물 스미듯 어둠이 번진다
끝까지 와버렸구나
어디에도 없는 다정

바람 앞에 맨몸으로 뒹구는 생이 있어
당신은 이마를 짚어 그 생을 좇아간다
후미진 골목 끝에서
근조등이 흔들린다

거긴 여기서 멀다

에스프레소 한 잔으로 오늘도 잠은 멀다
무표정한 시간은 여전히 나를 비껴가고
어둠의 봉인을 뜯는
흰 달이 높이 떴다

무딘 칼날에도 마음은 움푹 파이고
소리 내어 울지 않아도 옷섶이 흥건하다
지명을 모르는 바람
위로처럼 건듯 분다

거긴 여기서 멀다
그리운 은적사
도라지꽃 보랏빛 문장 아직 거기 있는지…
때로는 네가 그립다
숨어 살기 좋은 곳

광주문학아카데미 1집 흘러내리는 기—억

최 양 숙

1999년 《열린시학》 등단. 시조집 『활짝, 피었습니다만』, 『새, 허공을 뚫
다』 열린시학상, 시조시학상 외 수상.

간절기 외 1편

창가에 제라늄이 활짝 핀 모퉁이 집
어느 날 부터인가 바람이 술술 샜다
눈 뜨면 벌어지는 틈새로
달빛마저 비켜갔다

괜찮아 보이려고
무너지지 않으려고
바닥을 다 걸어도 그치지 않던 눈발
내 안에 자라고 있는 차가움은 무엇이었을까

지나온 허공을 쓸며 사라진 기억처럼
그 모든 어제와는 다르게 살고 싶다
캐리어 끄는 소리는 가을을 찾게 한다

풀매기

마음이 비릴 때면 풀에서 비린내가 났다

안부가 그리운 날은 그쪽으로 호미가 갔다

깊숙이 엉킨 뿌리들

갈라놓기도 하면서

남겨진 사과 외 3편

너와 며칠 달콤하게 지내 온 시간들은
맨 처음 마주친 듯 설레었을 것이나
잇자국 간직한 채로
심지만 남은 침묵

그곳을 만지는 순간 사라져 버릴지 몰라
향기를 다 써 버린 기억의 맥을 짚으며
가을은 네게 돌려줄
씨 하나를 꺼낸다

밤의 패턴

유성이 떨어져서
강 건너로 사라졌다
너는 강가에 앉아 떠나간 별을 그리고
조금씩 밀려간 나는 손톱 닳은 너를 그렸다

차압당한 방에서 살아남은 겨울이라든지
입덧이 시작한 배를 자전거에 치였다든지
서로를 꺼내는 말이 그리 쉽진 않았다

별들도 듣지 못한 차가운 이야기는
닿을 듯 닿지 않는 물살에 끼어들고
어둠은 눈물을 비벼 말리기도 하였다

항해

등에 진 짐이 많아 약간은 위태로우나
물살을 타는 날은 어디로 가야할까
곳곳이 암초라는 걸
더듬더듬 알게 될까

바다에는 흰 악마가 드러누워 실실 웃어
몸속에 남아있는 악취를 뱉으려고
연꽃을 혀에 올리고
기회만 노리곤 하지

벼랑에 걸린 발이 필사적인 하루하루
툭 치면 종이배처럼 가라앉아 버릴지 몰라
밀어도 끄떡없는 나
나 하나가 더 있지

반경

저 쪽에
불안한 내가 엉거주춤 서 있네요
고개를 떨어뜨리고 그 많은 출구를 향해
나직이 중얼거리죠

봄은 아직 멀었나요

마스크 쓴 겨울이 터널을 막고 있어요
아프면 나가지 말기 좋을수록 멀리두기
때때로 미칠 것 같아도
혼자 놀기 돌아보기

마음껏 손잡았던 그 때가 좋았어요
사랑을 남겨도 되고 커피를 쏟아도 좋은
거리를 돌려주세요
어제를 살게요

봄을 이식하다

파리한 얼굴을 하고 그녀가 불쑥 왔다
사라진 바람 찾아 조금 더 살고 싶다며
가슴을 쓱쓱 문지른다
꿈도 빌려 달란다

의지와 상관없이 몇 번씩 몸을 꿰매고
세상에 지는 법도 알게 됐다 말할 때는
가려도 가려지지 않는
앙상함이 보였다

돌 아래 숨은 봄이 저마다 들썩인다
숲으로 풀밭으로 소독 냄새 밀려온다
그녀는 지금 회복 중
햇살을 이식받는 중,

광주문학아카데미 1집

흘러내리는 기억

—

초판 1쇄 인쇄   2021년 9월 10일
초판 1쇄 발행   2021년 9월 15일

—

지은이   고성만 외
펴낸이   임성규
펴낸곳   아꿈

—

출판등록   2020년 12월 23일 제363-2020-000015호
주   소   62357 광주광역시 광산구 월곡산정로 20-49 101동 106호
전자우편   a-dream-book@naver.com

—

*책 가격은 뒤표지에 표시되어 있습니다.
*지은이와 협의에 의해 인지는 생략합니다.
*잘못된 책은 교환해 드립니다.

—

ISBN 979-11-973253-1-1 03810

ⓒ광주문학아카데미, 2021

———————————————————————————————

이 책은 광주광역시 GWANGJU CITY 광주문화재단 Gwangju Culture Foundation 의 지역문화예술육성지원(기초예술단체지원)으로 지원받아 발간되었습니다.